도심의 절간

도심의 절간

URBAN TEMPLE

데이비드 매캔 시조집 | 전승희 옮김

창비

차례

2 부   ㄱ, 그 가없음
Vast, the C

3 부 붙었다 떨어지기
Tag & Release

같은 새

　　내가 처음 시조를 접한 것은 평화봉사단의 일원으로 안
동 농림고등학교에서 영어를 가르치던 시절이다. 그때는
시조가 뭔지도 잘 몰랐다. 저녁때면 동료 교사들과 이따
금씩 시내에 나가 막걸리와 음식을 나누며 노래와 담소를
즐겼는데, 밤이 무르익으면 대중가요와 민요 따위를 함
께 부르기도 했고, 그럴 때 가끔 시조창을 들을 기회가 있
었다.

　　그후 나는 김소월의 시를 주제로 학위논문을 쓰게 되었
고 그 논문을 위한 자료 수집차 1973년에 다시 한국을 방

문했다. 그 기간 동안 김소월 시의 바탕인 민요를 폭넓게 연구했고, 그 전신이기도 한 한국의 전통 운문을 더 잘 이해하기 위해 시조와 가사, 잡가 등의 형식에 대해서도 공부했다.

서울에 머무르던 바로 그 시기에, 난 난생처음 한국말로 시조를 지었다. 이전에 안동에 머물던 때 내가 기거하던 하숙집 바로 곁에 돼지우리가 있었는데 거기서 기르던 돼지 두마리를 소재로 한 시조였다. 밤늦도록 시내에 있다가 귀가하면 그 녀석들이 잠에서 깨어 꿀꿀대곤 했다. 그 시조도 이 시조집에 포함되어 있다. 다정한 녀석들이었지만 봄이 되어 언 땅이 녹자 우리에서 풍기는 냄새가 너무 고약해서 아쉽게도 결국 이사를 하고 말았다.

대학에서 강의하고 연구하는 동안에는 시조 형식과, 정몽주의 「단심가」에서 윤선도의 「어부사시사」, 그리고 가람 이병기 및 다른 현대 시조에 이르기까지 많은 시인들의 빼어난 작품들을 살펴볼 기회가 있었다. 그중에서도 특히 인상적인 시인 두 사람이 황진이와 정철이다. 정철의 시조 중에서 "막대로 흰 구름 가리키"는 다리 위의 중을 묘사한 작품은 우리에게 16세기에서 보내온 문자메시지 같기도 하다. 또, 이 시조의 둘째 행은 음성메시지이다. "저 중아 게 있거라/너 가는 데 물어보자!" 내가 처음 이 시조를 읽던 시절에는 물론 한국에 휴대전화도 이메일도 문자메시지도 없었다. 하지만 송강은 우리 모두에게 '시조 인터넷 시스템'을 통해서 메시지를 보내놓았다. 송강 시조의 목판본은 참으로 아름다워서 바라보는 이를 즐겁게 한다. 그리고 그의 시조에 곡조를 붙여 읊다보면 그 시조와 우리 사이에 존재하는 몇백년이라는 시간과 거리가 완전히 사라진다. 반면에 황진이의 시조는 완고한 유교사회에 살던 여인의 대담한 표현이 돋보일 뿐 아니라 그 능수능란한 언어 구사능력에도 감탄을 금할 수 없다. 「어져 내 일이야」는 자연스러우면서도 표현력이 뛰어난 순한국말만으로 이뤄진 반면, 「청산리 벽계수야」는 한자어와 순한국말 사이에 정교한 구조적 균형을 매행 유지하고 있다. 한마디로, 황진이의 시조는 탁월한 문학예술이다.

지난 몇년 동안 나는 '아시아 시 쓰기'라는 제목의 시 창작 강의를 해왔다. 당나라 시인인 이백과 두보, 일본 하이꾸의 대가 바쇼오, 그리고 옛시조 시인에서 홍성란, 이근배, 조오현 등에 이르는 현대시조 시인에 이르기까지,

여러 시인들의 시를 학생들과 함께 공부하는 수업이다. 과제로는 학생들 스스로 아시아의 고전적인 시 형식을 활용하여 시를 창작하게 한다.

어느 해인가, 수업시간에 우연히 학생들의 초등학교 4학년 때 있었던 '하이꾸의 날'에 대한 이야기가 나왔다. 미국 대부분의 공립학교에는 그런 이름을 붙인 날이 있어서 교사들이 학생들에게 하이꾸 형식에 대해 가르쳐주고 일본의 문화와 역사에 대해 설명한 뒤 학생들 스스로 하이꾸를 짓도록 한다. 그 이야기를 들으며 난 '시조의 날'은 어떨까 하는 생각을 하게 되었다. 만일 미국의 학교에 그런 날이 있다면 학생들에게 한국문학을 알리고 학생들이 한국과 한국문화에 대해 배우고 동일시할 수 있는 좋은 기회가 되겠다는 생각이 들었다.

당시 나는 시카고의 세종문화협회와 함께 중고생을 상대로 한 연례 시조경연대회를 준비하고 있었고, 지금도 다른 훌륭한 자원봉사자들과 함께 심사위원으로 참여하고 있다. 초기 수상자로 공동 3위를 했던 마이클 정이라는 한 5학년 학생은 할머니께 수상 소식을 전했더니 할머니께서 "상을 받는 게 당연하지. 정철 시인이 네 16대조(代

祖)시거든”이라고 말씀하셨다고 수상 소감에서 전하기도 했다.

시조와 관련된 이 모든 활동에 참여하던 내가 스스로 시조 형식을 활용해 영어 시조를 쓰게 된 것은 필연적인 귀결이었던 듯싶다. 전에도 한국말로 시조를 긁적거리곤 하던 나는 어느날 평소 자주 가는 하버드스퀘어의 찰리스 키친이라는 허름한 식당에서 점심을 먹다가 펜을 꺼내 들었다. 그러고는 냅킨을 집어 식당 안에 있는 수족관을 휘젓고 다니던 바닷가재에 대해 영어로 시조를 짓기 시작했다. 그 작품이 내가 영어로 쓴 첫 시조이며, 그후 나는 꾸준히 영어 시조를 지어왔다. 내가 영어 시조 짓기의 말문을 트기 위해 그저 편안하고 낯익은 장소가 필요했던 것 아닌가 싶다.

평소에 나는 메인 주의 해변이나 그곳에 있는 이런저런 모양의 바위들을 즐겨 스케치하는데, 시조 행의 전개에서도 스케치와 비슷한 성찰, 이미지의 상호연결을 찾을 수 있다. 여담이지만 메인 주 해변에 바위가 워낙 많은 것을 보고 고은 시인은 내게 석우(石友), 즉 ‘바위의 친구’라는 필명을 지어주기도 했다. 시조의 형식은 행에서 행으로 움직여가는 동작이 문학적이기도 하고 회화적이기도 하다. 첫 행은 붓으로 큰 획을 긋는 것과 같다. 언덕과 산, 호수, 혹은 몇몇 사람들의 모습이나 얼굴, 몇몇 친구들이 함께 모여 있는 모습 등. 둘째 행에서는 다시 붓에 잉크를 찍어 그림의 세부를 채워나간다. 셋째 행에서는 마지막 화려한 붓질로 반전을 그린 뒤 마무리한다.

시조 형식을 공부한 지난 몇년간 학생들은 시조가 자신들이 배운 시형 중 가장 어려운 형식이라고들 했다. 셋째 행의 반전이라는 수사적 움직임에 특별한 노력이 필요하다는 것이다. 시조 쓰기를 몇번 시도해본 한 학생은 셋째 행의 반전이 하늘에서 느닷없이 피아노가 떨어지는 것보다도 더 단절적으로 느껴진다고 말하기도 했다. 하지만 시조 형식을 활용한 창작에 차츰 익숙해지고 나면 모든 학생들이 시조가 놀라울 정도로 풍부한 표현의 가능성을 함축하고 있다는 데 동의한다. 중국의 고전 사행시처럼 시조도 셋째 행이 시작되는 순간, 시인에게 비껴보라고, 다른 견해, 다른 목소리도 시도해보라고 도전한다. 미국에서 학교에 다닌 학생들은 이미 하이꾸의 형식에 대해 조금씩은 알고 있다. 다들 수업시간을 통해, 첫 행이 어떤 형식으로든 둘째 행의 움직임과 교차하고 셋째 행은 그 결과를 기록하는, 그 제스처적 형태에 익숙하고 그것을 활용할 능력도 있다. 그리고 학생들은 꽉 짜인 (그리고 낯익은) 하이꾸 형식보다 표현력이 더 풍부한 시조 형식이 주는 여분의 공간을 환영하는 듯했다.

영어로 시조를 쓰기 시작한 처음 몇달 동안은 셋째 행의 반전이 내게도 큰 도전이었다. 하지만 다행스럽게도 그 반전의 길이가 아주 짧기 때문에 나름대로 다루기가 많이 어렵지만은 않음을 깨달았다. 몇달 후에는 내가 항상 시조 형식으로만 쓰고 있다는 사실을 깨닫게 되었다. 그리고 그 사실이 조금도 안타깝지 않았다. 그간 쓴 시조들을 골라 내가 구독하던 몇몇 문학잡지에 보냈고, 그중 몇편을 수록하고 싶다는 반가운 소식도 들었다.

그러던 중 시조 형식이 내 시감과 어떻게 이렇게 잘 맞아떨어질까 하는 궁금증을 가지게 되었다. 내가 처음 한국시에 흥미를 느끼고 상당히 진지하게 연구를 시작한 것은 평화봉사단으로 한국에서 영어 교사를 하던 이년간이었다. 나는 서울대학교의 김동성 교수가 번역한 시조를 읽으면서 짧고 서정적인 작품들에 무척 강렬한 인상을 받았다. 몇 년 후, 그 당시 대사였던 김 교수를 만나뵐 기회가 있어서 내가 그분의 번역 덕분에 한국문학에 입문하게 되었다고 말씀드릴 수 있었다. 대역으로 된 번역서를 읽으면서 맞은편에 인쇄된 원문을 읽으려고 노력했는데 잘 이해할 수 없는 단어나 표현이 있으면 누구든 한국 사람에게 물어서 도움을 얻었다. 모두들 내가 한국문학에 관심을 가진다는 사실에 기뻐했으며 언제나 기꺼이 문법을 설명해주었고, 김소월과 그의 생애, 그리고 어려웠던 시절에 대해서도 가르쳐주었다.

김소월의 시라면 어떤 작품이든 내 관심의 대상이었고, 나는 그 시들의 민요적인 배경에 대해서도 궁금했다. 하지만 처음에 내가 가장 좋아한 김소월의 시는 「귀뚜라미」였다. 그 시는 내가 쉽게 외울 수 있을 만큼 짧은데다 외워서 한글로 쓰는 연습을 하는 것도 무척 재미있었다. 게다가, 안동의 다른 선생님들과 회식하는 자리에서도 그 시는 아주 유용했다. 저녁을 먹고 노래를 한 곡씩 부르다가 내 차례가 되면 펜을 꺼내 들고 식탁 위에 깔아놓은 종이 위에 소월의 시를 적곤 했다. 건너편에 앉아 바라보던 사람들은 처음에는 내가 왼손으로 쓰는 모습에 놀라워하다가, 내가 왼손으로 적은 시를 모두 함께 읽고 감상했다. 그 무렵에 나는 시가 인간과 인간 사이를 가까워지게 하는 촉매 역할을 할 수 있으며, 사람들이 즐거움을 함께 나누고 가까워지게 해준다는 사실을 조금씩 알아가고 있던 셈이다.

이제 나는 「귀뚜라미」가 구조적으로 전통시조의 형식과 매우 유사하다는 사실을 깨달았다. 삼행으로 된 이 시는 셋째 행의 '숫막집'이라는 단어에 가서 반전이 일어난다. 시의 전문은 다음과 같다.

산(山)바람 소리 찬비 듣는 소리
그대가 세상 고락(苦樂) 말하는 날 밤에
숫막집 불도 지고 귀뚜라미 울어라

앞서도 말했지만, 나는 학위논문 자료를 수집하기 위해 1973년에 한국에 다시 갔다. 그때 이미 내 논문 주제인 소월이 많은 이들의 존경을 받고 있다는 사실을 알고 있었다. 하지만 내가 소월의 작품세계의 바탕이 된 시조에 대해 관심이 있다고 말하고 다니다보니, 시조 형식에 익

숙한 사람들이 정말 많아서 놀라고 말았다. 그중에 기억에 깊이 남은 경험이 있는데, 내가 강의를 청강하려고 고려대학교 국제학 분야 학장님을 만나뵈었을 때였다. 나는 사무실로 찾아가 그분을 뵙고 당시 나의 지도교수였던 하버드대학 에드워드 와그너 교수의 소개 편지를 전달했다. 학장님이 내게 연구계획에 대해 물어보셔서, 나는 소월의 시와 그의 작품의 배경이 된 시조 등 한국 전통시에 관심이 있다고 말씀드렸다. 학장님은, "아, 이런 것 말이에요?" 하시더니 의자 등받이에 기대앉아 황진이의 「청산리 벽계수야」를 멋진 창으로 뽑으셨다. 그후 연구를 진행하던 몇달 동안 김월하 선생의 창을 녹음한 것을 되풀이해서 듣다보니 놀랍게도 나 역시 시조창을 할 수 있게 되었다. 그런 경험들을 통해 나는 시조가 매우 강렬한 형식을 가지고 있으며, 누구나, 배울 기회만 있다면 나 같은 이방인까지도, 친밀하게 다가갈 수 있는 형식이기도 하다는 사실을 깨달았다.

나는 또한 김지하 시인을 만날 기회도 있었는데, 그의 시를 번역한 것이 그 계기였다. 그의 탁월한 저항시 「소리 내력」은 판소리의 형식과 시각을 차용하고 있는데, 때문에 번역 자체가 엄청난 도전이었다. 한동안은 아무리 들여다봐도 한 행 한 행 뜻을 옮긴 초고를 그 시 특유의 강렬한 힘을 전달하도록 개고하는 것이 불가능하게만 느껴졌다. 개고하려고 몇달이나 애써봤지만 쉽지 않았다. 그러던 어느날 코넬대학에서 앨런 긴즈버그 시인의 시 낭송회가 있었고, 나는 그의 낭송에서 시행들의 움직임을 느낄수 있었다. 그날 귀가한 나는 롱펠로우의 시 「폴 리비어가 한밤중 말을 달려가다」가 귓가에 쟁쟁한 가운데 김지하 시의 **역동성**을 살려 개고를 진행할 수 있었다.

시조를 만나기도 전, 언제부터 그 형식이 내 안에 뿌리 내리기 시작했는지 알아보려고 과거를 거슬러올라가며 나의 시 창작을 돌아보던 나는 우연히 고등학교 시절에 작성한 창작 노트를 들춰보게 되었다. 나도 시를 쓸 수 있겠다고 깨달은 건 뉴턴고등학교 10학년 때였다. 어느날 영어 수업 직전에 수업을 함께 듣던 친구가 돌아보며 내게 이렇게 말했다. "데이브, 너 **시**에 대해 아니? 그러니까 어떤 것에 대해 쓰지만 진짜로 **그것**에 대해 쓰는 것은 아니고 …… 무슨 말인지 알지?" 그 친구의 말이 자극이 되었다.

그 수업의 숙제 중 하나가 바로 창작 노트를 작성하는

것이어서, 그때부터 난 노트에 시를 쓰기 시작했다. 영어 담당이셨던 앨런 선생님은 격주로 노트를 검사하셨고 내가 '시'를 쓴다는 사실을 알게 되셨다. 나는 친구인 빌리 덕분에 시 쓰기에 몰두하게 되었다고 말씀드렸고 선생님은 쓴 시가 말이 안되는 것 같아도 계속해서 열심히 써보라고 격려해주셨다. 난 그분이 '이렇게 계속 시를 써라'라고 말씀하신 이래 오십여년 동안 꾸준히 시를 써왔다.

그 노트와 이후에 내가 채운 다른 공책들을 들춰보던 중 의미심장하게도 뭔가 친숙해 보이는 형태와 주제를 가진 몇몇 시들이 눈에 띄었다. 그 시들 중 하나는 다음과 같다.

언젠가, 오 언젠가

밤이, 그리고 그 위로

고독이 고요히 내릴 거라고들 한다.

나무들 사이로

밤바람에 마른 잎들 바삭거리는데,

오 초승달의 부드러움이여.

이 시를 쓰게 된 계기는 이제 기억하지 못하지만 지금

다시 보면 그 윤곽이 어렴풋이 잡힌다. 각각 두 문장씩 짝을 이뤄 삼행을 이루고 있으며, 첫 세 행은 인간에 대한 것이고, 이어지는 세 행에서는 그 관심이 자연세계의 부드러운 소리로 전이한다.

그 공책에 쓴 시들 중 다른 한편은 그 시를 쓸 때의 정황을 지금도 생생히 기억하고 있다. 어느날 나는 학교에서 돌아와 내 방으로 곧장 가서는 공책과 펜을 손에 들고 침대에 앉아 정확한 구상도 없이 무작정 써내려갔었다.

> 늙어가는 새벽의 꼬인 천 가닥에 엮여
>
> 삶의 바다로부터 호되게 맞고 번쩍 들려져
>
> 어떤 하늘의 수족관
>
> 구석으로 무례하게 내동댕이쳐졌으니,
>
> 내 숨찬 몸부림은
>
> 하늘나라 박물관의
>
> 손님들에겐 즐거운 구경거리.

나의 이 두 습작에는 시조의 형태나 형식과 매우 유사한 데가 있다. 시조를 영역할 경우, 각 행의 중간을 끊어서

인쇄하는 경우가 많다. 가령 유명한 황진이의 「청산리 벽
계수야」는 다음과 같다.

청산리 벽계수야
　　수이 감을 자랑 마라
일도 창해하면
　　돌아오기 어려우니
명월이 만공산하니
　　쉬어간들 어떠리

내 공책을 더듬어가는 동안 비슷한 패턴을 보았다. 가
령 처음 예를 든 시는 시조처럼 두 행씩 짝을 이룬 삼행시
로 볼 수 있다.

언젠가, 오 언젠가
　　밤이, 그리고 그 위로
고독이 고요히
　　내릴 거라고들 한다.
나무들 사이로 밤바람에 마른 잎들 바삭거리는데,

오 초승달의 부드러움이여.

그렇다면 그다음 예로 들었던「숨찬 몸부림」은 어떠한가? 첫 네 행 역시 중간이 끊긴 두 행으로 볼 수 있다. 그리고 셋째 행을 "내 숨찬 몸부림"이라는 반전으로 시작한다면, 다음과 같을 것이다.

늙어가는 새벽의 꼬인 천 가닥에 엮여
　　삶의 바다로부터 호되게 맞고 번쩍 들려져
어떤 하늘의 수족관 구석으로
　　무례하게 내동댕이쳐졌으니,
내 숨찬 몸부림은
　　하늘나라 박물관의 손님들에겐 즐거운 구경거리.

매행 음절 수가 좀 많긴 하지만 내가 수업시간에 늘 학생들에게 이야기했듯이 시조는 유연한 형식이다. 다리를 건너는 중을 소재로 한 정철의 빼어난 시조는 바로 그러한 유연성의 좋은 예이다.

내 공책에 새로운 시가 쌓여갈 무렵 나는 운 좋게도 보

리프 북스(Bo-Leaf Books)의 발행인인 앤 돌턴과 연결되
었다. 남편인 하인즈 인수 펭클이 앤 돌턴에게 내 시조에
대해 말해준 것이었다. 하인즈와 나는 둘 다 공히 한국문
학 번역에 커다란 흥미를 가지고 있었다. 또, 그는 내 이전
시집인『그대를 기다리는 방식』(*The Way I Wait For You*)의
발행인과도 안면이 있어서 내가 다양한 시 형식을 실험해
왔다는 사실을 잘 알고 있었다. 앤은 내 시조집의 구성에
대해 훌륭한 조언을 해주었고, 2010년 증보판을 낼 때는
초판의 구성을 대폭 수정해주기도 했다.

그해에 아름답게 디자인된 내 시조집이 보리프 북스에
서 출간되었다. 시조 또한 상당히 눈에 띄게 그 자장을 확
장하고 있었다. 6월에는 이화여대에서 시조 페스티벌이
열렸는데 거기서 노래와 악기, 춤이 어우러지는 전통적
형식을 선보였다. 나는 음악인인 베르뜨랑 로랑스와 공동
작업을 해서 황진이의 「청산리 벽계수야」를 보사노바 곡
에 맞춰 발표했다. 같은 해 그 페스티벌이 있기 조금 전에
나는 주한 미국대사인 캐슬린 스티븐스와 점심을 하는 자
리에서 내 시조 프로젝트에 대해 언급했다. 이대에서의
페스티벌에 참석하기 위해 한국을 방문할 예정인데, 대사

관에서도 시조에 대해 강연하거나 낭송회를 열 용의가 있다고 말했다. 캐슬린은 적당한 방식을 한번 찾아보겠다고 했고, 그 결과로 나온 아이디어가 한국 학생들을 상대로 한 대규모 시조경연대회였다. 주한 대사의 공관에 있는 대형 리셉션 홀에서 조선시대 과거시험의 형태를 본떠 경연대회가 벌어졌는데, 호응이 대단했다. 그뒤 9월에는 캘리포니아 주립 버클리대학 교수이자 미국의 계관시인인 로버트 하스 선생이 버클리대학에서 개최하는 '한국시와의 대화'라는 행사에 나를 초대했다. 하스 시인과는 한국에서 있었던 국제 시 페스티벌에서 알게 된 사이였다. 고은 시인을 만난 적도 있고 그의 시에 대해 깊은 존경심을 품고 있던 그는 청중에게 한국시에 대한 자신의 사려 깊은 견해와 내 시조에 대한 밀착된 평을 들려주었고, 내 시조 몇편을 낭송할 기회가 내게 주어지기도 했다.

영시의 한 형식으로서의 시조에 대한 관심과 한국의 문화 및 역사에 대한 소개는 그후에도 시카고의 세종문화협회가 개최한 일리노이대학에서의 워크숍, 그리고 보스턴의 써퍽대학 등에서 개최된 워크숍을 통해 계속 확대되어 왔다.

시조는 하버드대학 한국학연구소에서 출간하는 한국 문학 잡지『진달래』(*Azalea*)에서도 특집으로 구성하여 현대적인 한국문학 양식의 하나로 다룬 적이 있다. 문학적 공연 매체로서의 시조를 논한 글과 몇몇 한국 시인들이나 공인들이 쓴 시조 작품들의 영역, 그리고 세종문화협회 연례 경연대회에서 수상한 시인들의 작품이 2008년도 제2호에 소개되었다. 또한 가람 이병기의 시와 일기에 대한 내 글과 여러 역자들이 번역한 현대시조 시인들의 작품들이 2011년 제4호에 실리기도 했다. 또한 같은 호에 세종문화협회 연례 경연의 2009년도, 2010년도 수상작 및 2010년에 미 대사관에서 주최한 경연대회의 수상작들도 수록되었다.

시조가 이처럼 각양각색의 사람들에게 진지한 관심의 대상이 된 최근 몇년간, 시인으로서 나 자신의 생각과 성찰, 작품활동 또한 항상 시조로 귀결되곤 했다. 그 형식이 내게는 내 예술의 집이자, 내 친구들과 동료 시인들, 음악인들, 그리고 내 가족을 환영하는 공간이다.

우리 가족은 해마다 메인 주의 오두막집에 가서 여름을

보낸다. 나는 베란다의 계단에 앉아 바다를 내다보며 글을 쓴다. 특히 아침마다 커피를 끓여서 한 손에 들고 다른 손에 공책과 펜을 들고 베란다로 나가 글을 쓰는 게 내 일과의 시작이다.

몇해 전에 아버지가 우리 가족과 함께 거기서 일주일을 보내신 일이 있었다. 그때 연세가 아흔둘이셨는데 신체적으로는 좀 힘든 상태셨지만 정신적 기능과 창작능력은 젊은 시절이나 다름없이 왕성하셨다. 어느날 아침, 아버지를 모시고 베란다로 나가서 나는 공책에다 몇 줄 끼적이고 아버지는 주변을 둘러보고 계신 적이 있었다. 그런데 아버지는 내가 열중한 모습을 보시더니 뭘 쓰고 있느냐고 물으셨다. 나는 "시조랍니다" 하고 대답하고 나서, 아버지께 시조의 형식에 대해 설명해드리고 그때 쓰고 있던 시조를 읽어드렸다. 아버지는 꽤 흥미롭게 귀 기울이셨으나 몇분 후에는 앉은 채 잠이 드신 듯했다. 그래서 내가 "아버지, 쉬고 계세요?" 하니까, "아니다, 시조를 짓고 있다"라고 대답하셨다. 곧 내게 종이와 펜을 가져다달라고 하시더니 가져다드린 종이에다 당신이 짓고 계시던 시조를 써내려가기 시작하셨다.

이제 아버지가 쓰신 연작 시조들 중 하나를 여기 소개
함으로써 짧은 성찰의 글을 마칠까 한다.

오후——일어나서 좋은 시간.

　　맛깔스런 아침 먹고 일 나가

종일 성취한다——

　　목표를 달성하고, 남을 돕는다.

저녁엔 기대한다——

　　세상의 구원 아닌 세상을 위한 봉사를.

오후——일어나서 좋은 시간.

　　맛깔스런 점심 먹고 일 나가서

종일 성취한다——

　　커피도 마시고 배도 먹는다.

저녁엔 기대한다——

　　세상을 위한 봉사 말고 저녁식사를.

　　　　　　　　　　——리처드 매캔(1915~2012)

*

    이 한영대역 시조집을 내면서 여러해에 걸쳐 내게 도움을 주고 격려해주신 한국 시인들이 생각난다. 앞에서 언급한 김지하 시인 외에도 세분은 특별히 언급하지 않을 수 없다. 박재삼 시인은 1973년 『코리아 타임스』 주관 번역 경연대회를 위해 그의 시를 번역하도록 허락해주셨다. 우리 부부는 고은 시인 부부와 여러 여행에 동행하면서 시 낭송회에 참석했다. 청중 앞에 선 그의 압도적인 존재감과 처음 마주쳤을 때 그것은 경이로운 경험이었다. 미당 서정주 선생에게는 가장 큰 감사의 빚을 지고 있다. 미당 선생은 내가 그의 시집들을 영역할 때도 도움을 주셨고, 직장을 구하기 어려운 한국문학 쪽 진로와 대학 행정직 사이에서 고민하고 있을 때 서울의 당신 집으로 나를 초대해서 일주일을 머물게 해주셨다. 미당 선생 부부는 내게 맛있는 음식을 대접하고 많은 이야기를 해주셨고 떠나올 때는 다음과 같은 격려의 말과 함께 은으로 된 펜을 주셨다, "자, 그동안 내 시는 충분히 번역했으니, 이제 이 펜으로 자네 시를 쓰게나."

내가 시조 창작을 하기까지 영감을 주고 격려를 주신 분들이 참으로 많다. 앞서 언급한 시인들 외에도 신경림, 김종길, 홍성란, 조오현, 박목월, 여영택, 이근배, 김남조 시인의 작품들이 내 시에 큰 영향을 주었다. 이 시조집을 첫 출간해준 보리프 북스와 앤 돌턴에게도 고마움을 전하며, 번역을 해주신 전승희 선생, 격려해주시고 번역 시를 감수해주신 김사인 시인, 많은 대화로 격려해주신 백낙청 선생과 창비에도 감사드린다. 또한 내 '아시아 시 쓰기' 강의를 수강한 학생들의 영시조에 대한 발랄한 토론도 내가 시조를 쓰는 데 큰 도움과 자극이 되었다. 아내인 앤은 우리가 평화봉사단으로 한국에 가서 영어를 가르치던 시절부터 한국과 한국시에 대해 공부해온 내 일생의 반려이다. 끝으로 언제나 다정하게 격려해주신 어머니 헬렌과 머리끝부터 발끝까지 진정한 시인이셨던 아버지 리처드에게 감사를 표한다.

데이비드 매캔

1부 | 도심의 절간

Urban Temple

도심의 절간

새벽 종소리 세시를 알리고
누군가 경 읽으며
똑똑똑똑 목탁 두드릴 제
　　반은 감고 반은 뜬 눈,
부처님 묵묵히 웃으시네—
　　상구보리 하화중생.

Urban Temple

Early morning bell rings its

3

and someone begins chanting the sutras.

Dok Dok Dok Dok

he beats the wood.

Eyes half closed half open,
the Buddha sits smiling.

Belief practice practice belief.

첫 시조: 하룻밤 안동 시내*

34

하룻밤 안동 시내 골목 술집 구경하고
머리가 삥삥 돌아 밭둑길을 거닐 적에
도야지 꿀꿀 노래, "너 인제 왔나" 하더라

* 저자의 첫 시조로, 우리말로 쓴 것을 스스로 영역했다.

First Sijo: A Night in Andong

One night in Andong
    after a tour of back-alley wine shops,

head spinning, I staggered down
    the narrow, paddy-field paths,

when the two pigs grunted grunted
    their song, "So, you! Home at last?"

문무왕 수중릉[*]

흩뿌려진 별들 사이

　　고요한 날들—

일렁이는 물결 너머

　　갈매기들 맴돌고

두 아이 번갈아 물수제비뜨는데

　　멀리 북동쪽에선 미사일 일곱발 큰 동심원 그리네.^{**}

* 신라 제30대 문무왕은 고구려를 멸망시키고 당의 침략을 막아
삼국통일을 이루었으며 국가체제를 정비하고 완성하는 업적을
남겼다. 문무왕 사후, 동해안에서 200미터 떨어진 바다에 있는
자연 바위 안에 인공수로를 만들고 거북 모양의 넓적한 돌 아래
유골을 매장한 것으로 추측된다. 『삼국사기』에 의하면 문무왕은
불교식으로 화장하고 동해에 묻으면 용이 되어 왜구를 막겠다는
유언을 남겼다고 한다.
** 2009년 7월 4일에 북한이 동해상 북쪽에 미사일 일곱발을 발사
한 사건을 말한다.

Where King Munmu Ordered His Ashes Scattered

Among the stars
that lie scattered
days when hardly a sound

above the waters
where a king's remains remain

gulls wheel and bank.

Two youngsters facing out,
one then the other
skipping stones out to the king's tomb,

while far to the northeast, seven missiles fall into a
    circle in the water.

백담사 만해기념관

향내 가득 책도 가득 족자에 초상에 각종 자료들
일만개 바다, 한국의 위인 만해 스님 기리는 방—
웃으셨을 거야, 그이 살아 보셨으면.

Paekdam Temple

Incense-full, replete with books,
	scrolls, photographs, documents
memorializing Manhae,
	Ten Thousand Seas, Korea icon.
He'd have laughed, how Paekdam Temple
	at Mount Sŏrak makes him such space.

외로운 섬

고깃배들 붐비는 앞바다
　　굽어보는 울릉도.
곧 지나겠군, 독도, 외로운 섬―
　　일본말로는 타께시마.
관두세, 영토분쟁이라니―
　　삼만 피트 위에서 보면 부질없는 짓.

쬐끄만 저게 독도라고?
　　돛단배가 틀림없군.
아니 배라면 자취가 있을 텐데?
　　크기도 딴 배들 백배는 되겠는걸.
그렇군! 독도란 이름 까닭이 있군.
　　그냥 혼자 놔두라는 뜻!

Lone Island

The sea below filled with boats,
    Ulleung Island watching them work.
Soon we will fly over Dokdo, Lone Island,
    in Japanese, *Takeshima*.
Cut the crap! Territorial disputes
    at thirty-thousand feet appear pointless.

That tiny thing is Dokdo?
    It must be a boat instead.
But a boat without a wake?
    A hundred times the size of other boats?
No wonder! Lone Island got that name
    for a reason. Leave it alone!

하룻밤에 독립선언문을 인쇄하다

표지판이 말하네, 이 공원 이 자리
삼만하고 오천부 독립선언서 찍었다고.
인쇄공 온밤 새웠네, 아내들은 잠 설치고.

사랑하는 이 나라, 영원하리 이 작은 터.
손에 손 태극기 들고 온 민족 일어섰지.
그 벽에 기대선다―내 사랑 이 겨레!

Where the Declaration
Was Printed In a Night

This park,
I see it now the sign says it plain:

Here the press stood that printed
35 thousand copies
of the Korean Independence Declaration.

Stayed up all night to do it too, the staff,
their other halves
muttering warnings.

Ah my love this land
this small park will

be forever remembered as we
read the words and lift the pages up,
the whole people carry them out into the streets.

We reach out to steady ourselves
against the wall, we are getting older every minute,
this land, my love, Ah this small park!

수묵화

옛날엔 누구도
　　뭐라 하지 않았지.

조선 사내들
　　아무 데서나 갈겼거든—

골목길 담벼락이든
　　길가 모퉁이든.

화려체로, 장엄체로
　　점점이, 혹은 일필휘지로—

온 나라 저잣거리
　　그 붓으로 새 단장 했었네.

멋대로 누고 나면
　　풍경 슬멋 달라졌지.

Landscape Calligraphy

In the old days never
an issue,

Korea men simply pissed where they wished

on a wall up an alley
or by the side of the road

Moonlit or Grand Style,
intermittent or steady

brushstrokes redefining
the country or urban scene,

perspective modestly shifting its gaze
as they finished the job of letting it
go where it wished.

한국의 천재 시인

46

한 여인 앉아서 맞춤옷 짓고 있네.
조그만 가게, 시인 이상(李箱)이 살던 집.
세상이 **모던**도 모를 때 이미 **포스트**였던 그 사람.

Korea's Strangely First

This small shop
where a woman sits making custom dresses

the house where Yi Sang lived,

post before anyone else knew *modern*.

서울, 2006년 6월

48

집 없는 갓난아기, 그 고양이 어디로 갔노.
걸음마 겨우 떼고 덤불에서 이틀을 나더니—
저만치 종이컵엔 빗물만 고여 있네.

Seoul, 2006, June

No sign of
the small stray cat,

two days now
since it emerged,
unkempt kitten barely
able to wobble
out from under the bush.

The plastic cup
today holds nothing but rain.

쉬이, 울지 말고!*

고궁 낡은 다리
　　양 끝에 선 두 모자.
건널 수 없네, 무너질까봐,
　　못 헤어지네, 갈라서면 이승과 저승.
"어머니!" 울며 부르자,
　　희미한 손짓만 두고 흩어지시네.

* 시인의 어머니가 돌아가신 뒤 덕수궁을 방문했을 때 다리 건너 편에서 어머니의 환영을 보는 장면을 그린 시이다. 다리를 경계로 이승과 저승이 나뉘기 때문에 건너가 만날 수 없지만 차마 헤어질 수 없는 심정과, 그런 시인을 달래고 저승으로 사라지시는 어머니의 모습을 형상화했다.

Hush Now, Hush

51

Royal park, the famous old bridge
    where a man and woman stand facing.
They cannot cross, the bridge would fall;
    cannot part, this world and the next.
He cries out, *Mother!* She stills him
    with a gesture, and vanishes.

경주 도자기 가마

매일이라도 좋겠네!
흙과 물, 손과 녹로*, 그리고 불—
굽는 데 완벽은 없네,
나와봐야 아니까.

모양 다듬네, 젖은 가죽끈,
나뭇조각, 판석, 칼 등으로—
이천년 동안 다져진 신라 흙을.

들에서 모셔온 흙,
숲에서 주신 나무
서로 힘 보태어
새 형상을 빚어내네.

* 도자기를 빚을 때 쓰는 물레.

Pottery Kiln in Kyŏngju

We should do this every day!

Earth water hand wheel fire.

There is no perfection in the firing,
only what will be found will be found.

Water soaked leather band better to shape the thrown.

Strips wood slat knives,

two thousand years spanking the clay.

Earth from a field
wood from the forest

intent

what takes shape in the interplay.

기관차
—경부선

미친 기술에 실려,
이 강토를
한달음에 관통한다.

살찐 까치가
하나 둘 셋,
나무는 등이 휘고

이파리
하나 지면
내 시선도 내려가고

나무들 바삐 옷 벗는
스산한 창밖 풍경은
가도 가도 제자리.

Locomotive

Seoul-Pusan Line

Crazy reason you
draw me fast
through your country.

One tree bends under
the weight of another and another and another
very fat magpie.

A single leaf lets go,
Nude
descending my stare,

while outside the windows
landscape strips itself naked in its race to stay
right where it was.

돌아오는 비행기에서 제퍼스를 읽다[*]

매의 눈빛

숲 무성하고 구멍 숭숭한 곳 위로 번뜩—

그러다 파도에 잠기면

파도는 고개 쳐들고 웅얼거린다—

처음엔 속삭이다

마침내 암벽 위로 온몸 던져 외친다.

가느단 파도 띠 위에선 갈매기 끼룩거린다,

무엇이든 눈에 띄면 고함지른다.

* 로빈슨 제퍼스(1887~1962)는 미국 현대 시인으로 태평양 연안의
해변 경치—바위와 매를 포함해서—가 지닌 경이로운 아름다움
을 노래한 시를 많이 남겼다.

Reading Jeffers on the Flight Home

How hawk light shifts across
porous wedges of wooded headland
lowering into the waves
as they keep it up, steady recitation,

first whispers then shouts slamming themselves
at the rockface.

A gull screeches across this slim expanse.
Everything it sees makes it yell.

히긴스 해변, 2006년 8월

밤마다 찾아오는
겉멋만 든 저 하늘

큰 국자, 작은 국자,[*]
조리에 체까지,
온갖 살림 허영으로 텅 빈 밤하늘을 꾸며놓네.

오늘 아침 뒤뜰에서
비치 타월 걷다가
이웃 마당 나뭇가지 새로
얼핏 보았네.
어젯밤 북극성 너울대던 모습.

[*] 큰곰자리와 작은곰자리를 영어로는 큰 국자와 작은 국자라고 부
른다.

Higgins Beach, August, 2006

How thin it seems, the night sky,
always presenting itself.

Big Dipper, Little, None,
The Sieve, all that extravagant display
of empty night sky.

This morning taking down beach towels
from the line out back, I look
out over the neighbor's yard
through the gap where last night the North Star
danced between the trees.

우주 한가운데의 집

제 노릇 감당하는 저 구름 보라,
산 넘고 들 건너 바람마저 거슬러
마침내 바다에 이르는구나.

구름 주변 맴도는 제왕나비 한마리—
나비 가는 길목에 구름 집이 내린 건가.
바람이 건듯 부니 또 한 구름 팔랑인다.

팽팽한 활시위인 양 새들 비껴 난다—
어부는 힘겹게 파도를 넘어서고,
머리 위 저 멀리로 새 한마리 날아간다.

House at the Center of the Universe

See how the clouds now do their work
against all odds, nature stacked against it,
an onshore breeze and still they make
their way out over the water.

A monarch keeps circling,
or does the house sit on some butterfly path?
Another flutters by, delicately battling the breeze.

An arc of birds veers past,
above the reach of one fisherman advancing cautiously
into the waves.

바다의 차가움

무한한 가능성 가운데서도 선택은 어김없이 이뤄진다.

거스르는 힘들 지긋이 이겨내며

시냇물은 어찌 그리 한결같이 흐르는가.

물러나 다시 보니 우리 인생 닮았구나.

아무리 거슬러도 끝내는 늙어갈 뿐

마침내 한점 빛으로 사라지고 마는걸.

달빛은 구원인 양 부서졌다 다시 모여

출렁이는 파도 위로 눈부시다 수천의 빛—

그래도 어쩔 수 없네 깊이 모를 차가움.

Oceanic Cold

Wireless predictability
of all these chances the most likely,
how the stream's flow appears uniform,
obscures back-pulls.

From the vantage point of sufficient distance or time
it seems human, the long slow process of growing old
as it vanishes to a flicker,

one among thousands of brilliant faceted flashes
from the waves' faces, where moonlight's broad
redeeming gesture breaks apart into recombinatory
incandescence, one might say if it were not
all so unfathomably cold.

파도 이론

한 무리 새들 곁
파도 타는 두 모자
저마다 외롭네, 안개 낀 아침 정경

잠깐,
돌아선 아이가
아빠에게 달려오네

파도 안엔
엄마뿐이네
그 곁엔 가물거리는 흰 개 한마리

Wave Theory

Apart from the birds
just two solitaries
this foggy morning.

Wait wait!
The little one turns and runs
from one parent to the other,
back up the beach.

Wave jumpers
become a woman left standing,
her small white dog
glimmering in the haze.

새 구경

옹기종기 모여서 모래 속 파고들다
한 다리로 다시 서서 고개는 외로 꼬고
목덜미 부드러운 깃털 속으로 부리를 파묻었다.

능선 따라 지붕 끝에 쏟아진 또 한 무리
이리저리 쏠린다. 덮쳐오는 드센 바람,
이윽고 한 놈이 먼저 훌쩍 날아오른다.

남은 놈들 뒤따라서 하늘 높이 솟구친다,
핑그르 돌며 운다. 떨리는 끼룩 소리.
물 건너 저편으로 영혼 하나 솟는다.

Watching Birds

arrange themselves in tear-shaped groups
    on the sand

nestled in, or standing one-legged, heads
    turned, beaks tucked

into soft feathers at the base of the necks

while another group crowding along the ridge
    line spills down where the roof reaches,

watching as the weather rises, time to time
    shifting points of balance

till one leaps or falls and flies off

until at last all rise into the air at once,
    pirouetting, screeching out the hymn

in their fearsome voices at the soul that soars
    across the water

2부 │ ㄱ, 그 가없음

Vast, the C

마티니처럼: 살짝 비튼 삼행시

점심 먹는 내내
　　싸우는 꼴 지켜보네—
공기방울 올라오는
　　식당문 옆 어항 속 초록 랍스터들.
아서라, 이유가 무엇이건 간에
　　그만두고 나랑 달아나자!

창밖에 걸린 모이통,
　　모여 떠들던
비둘기, 참새, 박새—
　　갖은 소란 뚝 그치네.
홍관조 두마리
　　눈부신 붉은 볏!

Like a martini: three lines with a twist

All through lunch, from my table
    I keep an eye on your disputes,
green lobsters in the bubbling
    tank by the restaurant door.
Slights, fights, bites—Whatever the cause,
    make peace and flee, escape with me!

The feeder hangs suspended
    outside the glass of the window.
On the couch, I sit watching doves,
    swarms of sparrows, chickadees in pairs.
All the mess and noisy disputation
    two cardinals end with *Let there be red!*

새의 세계

뜰 안길 저 참새 애교 많은 멍청이.
휙 날고 뱅글 돌고 뒤로 핼끔 웃음 짓다
급기야 깍깍 우네, 매의 눈길 못 피하고.

뒤집혀 자빠진 게 껍데기—가운데
직경 일 인치 구멍 휑하고, 다리와 내장 간곳없네.
틀림없군, 어슬렁거리던 갈매기가 요기하고 가버린 것.

The Realm of Birds

Ingratiating dimwit, sparrow
    on the garden path
darts and spins, grins,
    looking back past its shoulder.
Squawk he may, there's no bush to hide
    from the raptor's chilly eye.

A crabshell overturned, dorsal
    side up, with an inch-wide hole
smashed into the center,
    legs and insides all gone,
a sure sign some roving gull
    has fed again and flown on.

우연한 발견(NewEnglandMoves.com)[*]

브루클라인 피셔힐

1890년대

콜로니얼식 대저택—

누구나 반가이 맞는

저 우아한 현관

따뜻도 해라, 참나무 목재들.

*NewEnglandMoves.com은 미국 동북부 지역의 부동산을 검색할
 수 있는 인터넷 홈페이지이다.

Found (NewEnglandMoves.com)

Located in Brookline's
Fisher Hill, this stately
1890 Colonial
residence welcomes all
who enter through its gracious reception
hall with warm oak woods.

넋을 놓다

따스한 떡갈나무 숲
　　너무 깊어 못 들어가고
대신 언저리에서만
　　서성대고 있는데,
시원하게 때린 나무공 소리,
　　필사적으로 쫓는 강아지 한마리.

Lost

Warm oak woods
        too deep for us to penetrate,
we linger instead
        in the graceful periphery,
while a dog chases hopelessly after
        wooden balls struck so well the mallets sing.

제한속도

전조등 안 사물들 비추며 가는 차들—
우리도 그 차들처럼, 힘들어도 묵묵히
65, 제한속도 향해 하루하루 나아가네.[*]

때로는 차가운 안개 속에 갇힌 듯했고,
어떤 날은 따가운 해 견디기 힘들었네.
오늘 아침 누워 책 읽던 당신 곁에 잠시 앉아 멈추네.

간밤 꿈속 소풍길에 본 새끼 고양이
흑백이 섞인 밝은 그 오렌지빛, 길몽이겠지? 맞아.
샤워 뒤 옷을 입기 전이라 좀 어색은 하지만.

* 미국 동북부 고속도로의 제한속도는 보통 65마일이다. 여기서는
나이 65세와 제한속도 65마일이 겹쳐진다.

Speed Limit

Into the light the way cars
move on their own beams'
discoveries, meddlesome
yet with an air of inevitability,
we walk on, close to the speed limit
of 65 and getting closer each day.

There are days we seem surrounded
by a cold fog, others when the sun
is flat-out too hot to endure.
This morning, though, as I stopped
on my way from shower to dressing,
where you lay on the bed reading,

I had the story of last night's dream
to tell, of a kitten, bright colored
orange, black, and white, that found us
at some complicated picnic.
A good omen, we agreed, while somewhat
distracted by my nakedness.

은유

정원을 그리려면 대개는

　　바위, 꽃, 새, 나비 얘기.

은유는 '다르게 말하기',

　　이런 표현은 어떨까?

그는 붓, 그녀는 잉크,

　　백지에 씌어진 그들의 이야기.

Metaphor

What they wrote about gardens
    the rocks, flowers, birds, butterflies:
metaphor, dis-simile,
    a way to write away from this:
she was ink to his darting brush,
    their story grew down the white sheet.

한밤의 독서

82

탐정물도 범죄물도 아닌
　싱거운 이야기.
침대로 돌아가니 고양이도
　딴 방으로 가고 없고,
얼결에 그녀 손가락에
　내 손가락 얽힌다.

Late Night Reading

No detective story, no crime.
    Just a bunch of situations.
I return to bed. The cat
    has gone into another room.
Somehow my fingers manage to
    wrap themselves into hers.

나무가 바람에게

84

바람이여, 어서 오라,
　　나무가 속삭이네.
가지와 잎새 적시고
　　몸통을 감싸다오.
심장 아래 빈 곳에 숨결도 불어넣어
　　그대의 한숨이 감미로운 신음 되게 하라.

Tree to the Wind

Come, I want you in me
    wind, whispered the tree.
Fill my branches and leaves,
    weave around my trunk.
Let your sighs become moan when you
    set breath to the opening beneath my heart.

제삼행

86

오, 세 가닥 가벼운 삼끈으로

　　밧줄 엮어주오―나 타고 오르게!

Third Line

O braid me a lightweight, three-ply
   hempen rope, that I may climb!

지레 장치

어떻게 무거운 파도를 뭍에서 바다로 옮겨놓는지,
무엇이 지평선 가득 무거운 안개를
오두막 계단까지 들어올리는지 누군가는 계산하지.

지저분한 흰 갈매기야, 쓰레기만 찾지 마!
벼랑엔 잘생긴 바위들, 백사장엔 반짝이는 조개껍데기들—
하지만 바람 탓인가, 쓰레기로만 직행하는 건.

찬란한 아침 햇살로 수놓인 많은 날들
손가락을 펼쳐 해변으로 다가드는 파도.
나 어찌 살아가나, 날이 가고 달이 가고 하염없는 이 세월.

앗 뜨거—낮, 공기, 기죽이는 저 태양!
랍스터 배들 부표들 헤치며 와 바위에서 쉬어갈 때
우현엔 크레인으로 들어올린 초록 포획물.

Leverage

How to shift the weight of waves
        from the land back to surges;
what lever to lift the fog that lies
        heavy still on the horizon;
up the steps to the cottage porch,
        someone tries to calculate.

Dirty white, gulls flying past,
        Don't be so fixed upon refuse!
Search the cliffs for Scholar Stones,
        the sand for gleaming shells.
But the winds carry my scavengers
        past fallacy to the point.

How open the days littered
        with brilliant mornings beckoning,
and still the waters splaying
        their sleek fingers at the shore;
how live it, the span of days, months,
        or even years, to the end.

Too hot, this! The day, the air,
        the sun that flattens wills beneath it.

A lobster boat works its way
        buoy to buoy, pauses off the rocks.
Starboard side, metal crane and pulley
        raise the streaming trap, the green prey.

마지막 사회 보기
—아이크, 고(故) 이익훈을 기리며[*]

롯데호텔 소연회실

    우리들 모두 모여

소개와 수인사,

    농담으로 떠들썩할 때

이윽고 나서던

    침착한 주인—

훤한 얼굴, 다시 난 머리,

    신중하고 예리한 표정—

평소처럼 좌중 휘어잡되,

    다만 더 직설적이었다.

"인도자 필요한지 아닌지,

    지금 당장 말하시게들."

* 이익훈(1947~2008)은 이익훈어학원의 설립자이다.

Last Call

In memory of Ike, Yi Ik-hun

We've all gathered, small banquet room,
    the Lotte Hotel downstairs;
idle chatter, or meeting,
    first-time greetings, kidding around.
Until now, when our patient host
    carefully steps, takes his place.

His face is full, his hair's grown back;
    expression, sharp apprehension.
He takes command as usual,
    but sharper tongued, more to the point.
"Tell me now if you need a guide
    or not. Decide. Up to you."

너의 나머지
—고(故) 마셜 필에게[*]

계곡에서 피어오른 눈부신 구름이

　　이슬비 몇 방울로 우리에게 인사하고

그 이슬비 다시 절간까지 적실 때

　　자네라면 절 마루에 서서 말했겠지,

"멋있지?" 아니면

　　"어이, 자넨 거기서 뭘 하나?"

겨울의 흰 두루막

　　흙구덩에 자리 내주고,

우리 앞에 놓인 너의 나머지—

　　우린 미처 몰랐었네,

웃으며 너 걸어갈 때

　　공기조차 떨렸었다는 것.

[*] 마셜 필(1934~95)은 1965년에 서양인으로는 최초로 서울대에서 석사학위를 받았고, 1974년에는 하버드대학에서 박사학위를 받았다. 하와이대학에서 한국문학 교수를 역임했으며 다수의 한국문학 관련 저서와 역서를 저술했다.

All the Rest

For Marshall Pihl

Down from the valleys, luminous clouds
    brought their light rains to greet us.
You would call from the balcony
  as they draped the Buddhist temple,
"Look at this," or just as likely,
    "What are you up to in there?"

Winter gown, white monochrome,
    gives way to dirt down payment.
All the rest of your life now lies before us,
    who never imagined
how much whirled in the air around your head
    when you laughed, where you walked.

벼랑 끝 너머

나 진작 알았더라면!
　　　내가 누구고, 어디로
가는 건지, 어떻게 가는 것이
　　　좀더 낫고 확실한지―바위들 지나
골 깊이 내려꽂히는
　　　저 물보다도 더 분명하게.

그 물이 가른 자리에
　　　다리 하나 놓였는데
그 다리 위 내가 서서
　　　호수 서편 바라보니
둥그런 호수 따라
　　　석양도 가라앉네.

바위는 희끗희끗
　　　여명 속에서 서서히.

Over the Edge

If ever I had a sense
    of who I was and where I was
going, how to get there any
    better, clearer than the water
pouring down over the rocks, deep
    into the inviting chasm

bisecting space, creating
    the occasion for this bridge
I stand on looking out to-
    ward the lake, the hills west, the sun
beginning to fall along its
    suggestive, slow arc, the easing

down into the dark, rocks barely
    discernible, in the morning
the first to walk down the path through
    the gorge might say, What, what is that,
there in the water, the lower
    part of the pool? Something. Caught.

협곡 갓길 부지런한
　　　아침 행인 말할 테지,
저 아래 저게 뭐지?
　　　뭐가 걸린 것 같네.

낙엽

은색, 빨강, 검정 잎에 비에 젖어 무거운 잎.
지천으로 굴러다녀 누구나 주워 쓴다.
농구 선수도 쏘고 삼학년 사내아이, 어린 소녀도 쏜다.

때로 이 이파리들, 섬세한 엽맥들이
관광객이나 구매자를 유인한다.
이파리? 저 모퉁이에서 주우셔, 돈만 이리 내시고.

세 녀석 돌아다닌다, 방금 훔친 차 타고
(훔친 차라야 마땅하다) 모서리 돌며, “저놈이닷!”
차에서 내리는데 무기는 이파리다.

가을 거리, 이웃 마당, 학교 운동장 어디나 널린
낙엽을 바람이 몰아 울타리에 팽개친다.
바람이 한 짓이니 낙엽의 잘못 아니다.

The Common Leaf

Fallen leaves, silver and red,
    even black, heavy with rain,
scattered here or mostly there
    for anyone to pick up and use
to shoot down a basketball player,
    a third-grade boy, a young girl.

But someone makes these leaves,
    complicated systems of veins
that feed them, branch-born display
    for sightseers or buyer's gaze.
Want a leaf? You can pick one up
    on the corner. Just bring cash.

The trio cruising the streets
    in the car they've just stolen
(important part of the ritual)
    turn the corner, say "Next one's it."
Three climbs out and shoots the kid where he stands,
    using nothing but a leaf.

Common as leaves in the fall streets,
    neighborhood yards, the school playground;

the passing winds may pick them up
        and whirl them against the fence.
No harm meant, by a leaf. Can't blame
        a leaf for what the wind does.

감정 폭발

난 늘, 아니 지금까지 두려워하며 살았네,
엄숙하고 차분한 대화 박살내는 감정 폭발을,
"내 말은!" 선하게만 살며 꾸던 가련한 그 꿈을.

주지사의, 용도 미상의 자금 이전은 구원이나 도피,
강경 조치를 자청하는 울부짖음 아니었을까.
애인의 아들 학대한 스물두살 짐승 같은 사내라면

모를까, 그 주지사를 괴물이라긴 그렇다.
일로 인한 스트레스, 고소공포증, 방심—
여자를 사면서도 들키기로 작정한 듯.

보던 책 마룻바닥 고양이 곁에 동댕이쳤다.
화가 치솟아서, 그 녀석이 메인산 성게를 박살내서.
동댕이, 화, 박살! 아무리 해도 이해 안된다.

Rage

All my life, or just this far,
      I've lived fearful of such outbursts
as broke the stern silences
      of carefully built interchange.
What I meant! The pitiful dream of days
      so still no harm was ever done.

The governor's transfer of funds,
      to say nothing of its purpose,
is read by some as a cry
      for help, bail-out, tough position.
Twenty-two, the one who beat, burned, and pissed
      his girlfriend's son—a monster!

The governor's no monster,
      whatever else he may well be.
Quite undone by the pressures
      of office, his fear of Heights;
bought a girl, used her for an hour,
      hoping, or not, to get caught.

Flung a book down on the floor
      right by the cat, I was so mad

마룻바닥에 핏물 들도록 혁대로 패고
성기는 담뱃불로 지지고, 욕조 안
아이의 머리에 오줌까지 갈겼다.

"폭력적, 야수적이고 화나면 물불 못 가리는
나 같은 괴물들 영원히 격리시켜야 해.
어둠 속 혼자 있게. 풀어주는 건? 죽은 담에나."

at what he'd done, the mess; broken
        sand dollar from the beach in Maine.
Flung down, *mess*, and most of all, *so mad*:
        I try but can't grasp such rage.

He beat the child with a belt
        until the blood stained the floor.
He burned the child's genitals
        with a cigarette, and then
where he sat in the warm water
        of the bath tub, pissed his head.

Violent, predatory,
        given to bursts of pure rage,
specimens such as I am
        should be locked up, just put away.
Let me sit alone in the dark
        forever. Out? When I'm dead.

파도, 바다의 발전기

태양 세차게 내리치고,
　　까만 잠수복의 써퍼들 울쑥불쑥.
해초, 갈매기, 따개비
　　뒤덮인 긴 바위의 띠.
웅덩이 위 직류와 교류,
　　밀고 당기는 파도.

저 갈매기 파도에 대해
　　좀 안다, 좋은 건 실어오고
죽은 건 뒤집는다는 것.
　　통째로 삼킬 준비 끝!
육지엔 수전증 노인
　　절뚝거리며 빵을 던진다.

Beach Generator

Sun struck waves bearing surfers
    in their black suits, repetitive;
the long line of barnacled
    seaweed and gull clad rocks intervenes;
electric, the waves' toss, hits and rests,
    moves through pools, alternating, direct.

Watch the gull, it knows a thing
    or two about waves, they bear
good things to shore, overturn the dead,
    preparation for a bolted meal;
or landward, the halting elderly man
    waving his arms is tossing bread.

리치먼드 섬*

하오의 태양 아래

　　고동치는 환한 만.
수평선 너머 리치먼드 섬,

　　그 한켠 암벽해안,
먹이 찾는 갈매기 한마리

　　예의주시 맴돈다.

해변엔 새와 파도,

　　보드라이 젖은 모래.
길 아래론 에드워드식 깃,

　　주름진 마른 모래.
여덟벌 까망 옷과

　　써프보드 일렬횡대.

*미국 메인 주 엘리자베스 곶 남쪽에 있는 섬.

Richmond Island

Looking out, where the bay, bright,
    pulses slowly in the afternoon sun:
Richmond Island, its rocky shore
    on one side, horizon line:
A white gull makes its steady way
    searching, scanning land, waves, for food.

At the beach, tides rise, birds soar,
    the sands lie smooth and wet
or dry, rippled, Edwardian collar
    along the upper edge, below the road.
Eight surfboards with their dark-suited riders
    rest in a line, perfectly still.

ㄱ, 그 가없음

갑각류의 첫 자인 ㄱ은 가없다, 막힌 한쪽과

자모 향해 열린 다른 한쪽 가능성.

새우와 게, 랍스터―잔치 시작! 껍질을 까자!

리치먼드에서 우드까지 쭉 뻗은 수평선,

갈매기도 배도 없다, 잔잔한 파도뿐이다.

어, 저기! 햇빛 번쩍, 선수(船首) 돌려 배 나가네.

망원경으로 보니 랍스터 배 스물두척,

멀리 수평선상 일렬로 떠 있는 돛들,

앞쪽엔 변함없이 무심한 써퍼들.

Vast, the C

Vast, the C that starts the word
    Crustacean, closed on one side,
open to all the alphabet
    of possibilities out the other.
Crabs, lobsters, a great pile of shrimp:
    Let the feast begin, shells cracking!

From Richmond across to Wood,
    along the sharp line of the horizon,
not a boat, a single gull,
    nor more than the smallest waves. ·
But just look! There, the flash of sun
    as a boat turns and heads back out.

With the glasses I count twenty-two boats:
    lobstermen out in the bay,
a line of sails hull down
    at the horizon.
Closer in, the row of surfers still
    maintaining their innocence.

B.S.O.[*]

러바인, 오자와. 비올라 안은 보비 카롤**—
사십년 전 사진 속 고개 돌린 그이는
내 기타 선생님이셨지, 어떤 날은 그냥 듣기만 하셨지.

흔한 오해의 이야기, 부모 자식의 이야기—
여자 친구의 아버지가 욕설로 오페라 만들고서
내가 그걸 공연했다고 말했단다. 도로 물려야 한다구?
　　그냥 연습이나 해!

* 보스턴 씸포니 오케스트라의 약자.
** 제임스 러바인은 2011년까지 보스턴 씸포니 오케스트라의 지휘
　자였으며, 쎄이지 오자와는 1973년부터 2002년까지 지휘자를 역
　임했다. 보비 카롤은 1950년에서 1977년까지 보스턴 씸포니의 비
　올라 연주단원이었고, 저자의 기타 선생님이었다.

B.S.O.

James Levine, Seiji O.
> The B.S.O. Bobby Karol,
Viola, in the photo
> forty years past, sits, head turned.
He taught me guitar, though one morning
> the lesson was his listening.

The usual tale of mixed-up
> communications, parents, children.
My girlfriend's father had composed
> a one-act opera of slurs
he told her I'd been performing.
> Decompose that? Just practice!

죄와 미덕

합류의 권리, 운전자 누구나 가진 우선권,

사방의 정지 표지, 서로 양보할 좋은 기회.

고약타, 뒤차 경적—보스턴 사람들, 뭐 그리 급하담!

결과와 원인은 같다, 과학이야 뭐라든.

빛나는 밤하늘, 달빛 어린 물결, 날아다니는 카펫.

오두막 계단 꼭대기에 버려진 구두 한켤레.

탐욕은 고통의 근원, 칠대죄악 중 첫번째.

공자도 말하셨지, 사무사(思無邪)라고.

부처도 욕망 벗으면 열반이라 하셨고.

평행선을 그리지도 독자적이지도 않은

감정의 우주에 나 머물며 무(無)로

나아간다, 모이통 둘레에서 복작거리는 저 참새 떼.

Sins, Virtues

In traffic, every driver
     has precedence, the right to merge.
All-way stop, an occasion
     to wave other drivers through.
But horn blasts from behind are not kind.
     Boston drivers, the rush home?

All the same, the effect's cause,
     what science says its object is.
The night sky reflected, waves
     of moonlight, flying carpet.
Left for days, a pair of old shoes
     on the top step, the cottage porch.

Avarice, the root of all
     humans suffer; alphabetic
first among the deadly sins.
     Confucius said, Thought Not Greed.
Buddha taught, All suffering begins with desire.
     Extinguish that? Nirvana!

Emotive, assuredly not
     parallel nor distinctive

universe I occupy
        simultaneously intending
to dwindle away to nothing,
        flock of sparrows at the feeder.

어머니 가시던 날

아버지와 얘기를 끝으로 너무 아파 입 못 떼셨네,
그 마지막 날—난 이튿날 아침 다시 뵙기로 했다.
전화벨—당신은 떠나시고 우리만 남았다.

작년 구월, 내가 휴가도 해변도 갔다 오고
한국 여행도 다녀온 뒤—그 시월의 날벼락!
당신은 영원히 가고 침묵만 남았다.

얻는 게 중하다는 건 과장된 말. 잃음이야말로 전부다.
체중이든 높이든 잃는 것은 원점으로 되돌아가는 것.
어머니 쓰러지신 작년 그날은 내가 모든 걸 잃은 날.

Too Ill to Talk

That last day, too ill to talk
    after the chat with my father,
I said I'd call next morning
    and catch up some with mother.
Telephone: its ringing brought the news.
    We are alone. She is gone.

September one year ago,
    vacation done, the beach visit,
a last trip to Korea.
    Who could have known October's blight?
We are left to endure the silent treatment,
    and she is gone, still, always.

Winning is overrated,
    vastly. Losing is everything.
Losing weight, or altitude,
    bringing it back where it began.
My mother lay down on the floor
    one day last year. We are lost.

모내드녹[*]

시간의 문제가 아닌, 나무가 우리에 대한

지배를 확장하는 방법에 대한 문제―

공기가 정지해 있다고 말하면 믿어줄지?

길모어 호수[**] 중간에서 모내드녹 보려고

노의 방향 바꿔도 꼼짝 않던 카약―한줄기

바람에 빙글 돌면서 썩 나선 민바위 머리!

[*] 모내드녹은 잔구(殘丘)를 가리키는 미국 원주민의 말로, 미국 동부 뉴햄프셔 주에 모내드녹이라는 이름의 산이 있다.
[**] 미국 뉴햄프셔 주에 있는 넓이 115에이커의 호수.

Monadnock

Not so much a problem of time
    as instead a way to dispute
how the trees seek to extend
    dominion over us all.
If I said the air is perfectly
    still, then would you believe me?

Paddling out, straining to turn
    round to see Monadnock,
halfway across Gilmore Pond
    and still no sign of the Mount.
Sudden gust of wind spins the kayak,
    and there it is, bare stone topped!

3부 | 붙었다 떨어지기

Tag & Release

호수―뗏목 위에서

부럽고 탐나지만
　　어쩔 수 없어 포기했다가
그래도 미련 남아
　　헐떡거리며 바라보네.
얼마나 좋을까,
　　그 수영 솜씨 시원도 하구나!

What I Want

Avarice, envy denied,
    frustrated, sublimated.
What I want I need and deserve;
    I need to have what you possess,
Your calm skill as you swim the lake
    to the float where I lie gasping.

당신의 손

미소로 내미실 때
　　내 가슴은 찢어질 듯.
슬픔일랑 거두라며
　　눈길 주고 돌아서실 때
생전엔 들어본 적 없던 노랫소리
　　꿈길 따라 들려왔네.

Your Hands

Your hands held nothing but heartbreak as you smiled
and extended them to me.

Your eyes wished away sadness when you spoke and
turned to leave.

Only dreams bring such songs as never you sang in your
life or mine.

발병(發病)

뒤안 쌍떡갈나무

　　깊이 뚫린 굼벵이 구멍.

딱따구리는 들었다네,

　　꾸불꾸불 그 소리.

"죽었다, 요놈!"

　　성난 빌(Bill)이 지팡이로 탁!

Onset

The twin oak back by the house
    has been drilled, carved deep for grubs.
The woodpeckers heard them chewing,
    worked their intricate necklace of pits.
"This one's dead!" Bill shouts in anger,
    whacking the trunk with his cane.

징후*

봄의 전령 꽃잎들이 재롱을 떠느라고
기쁨에 겨운 웃음 골목골목 터뜨릴 때
친구의 기억 다가오네, 가만히, 죽음처럼.

가장 뚜렷한 징후는 환원과 증명의 진실이
유일한 출구라는 데 경멸적으로 동의했던 일.
씨애틀, 마지막 밤 네가 한 말—"마티니는 진이야."

문 옆 좌석을 뒤뚱뒤뚱 지나가는 살찐 저 남자
뺨과 턱으로 보건대 너보다 십년은 더 살았군.
몸매는 무너졌지만 눈만은 곧장 집을 향하네.

*이 시에서 '친구'는 제자이자 친구였던 스콧 스왜너를 가리킨다.
스콧 스왜너는 하버드대학에서 한국문학으로 문학박사 학위를
받은 뒤 워싱턴대학에서 한국문학 교수를 지내다 암으로 요절
했다.

Of All Such Signs

About to get ridiculous,
    petals furled pink flags of spring
will let shout on every block
    the joyous noise of profusion.
Still as death, memories unwind
    of my young friend, this season.

Of all such signs the most tendentious,
    how we would agree and yet disdain
the truth found by reduction, proof,
    the only way out ever found.
Martinis, you said, that last night
    in Seattle, are just gin.

That obese man waddling past
    the row of seats by the gate, just now,
has by the sign of face, jowls, chin, cheeks,
    outlived you by ten years, I'd guess.
Out of shape, however defined,
    still, his gaze is forward, home.

"무당 개구리"
―설악산 만해마을에서

비 내리고, 한바탕 개구리 합창 뒤에 숲은 정적

여전히 비 내리고 적막 끝에 다시 합창

어둔 밤 밤비 속 소리도 초록빛 숨죽인 숲

"Shaman Frogs"

Manhae Village, Mt.Sŏrak

It's raining, frogs suddenly
    break out in song, the forest still.
Raining still, and the frogs, stilled
    for a round, break out in song.
The forest, all its green sound hushed
    by the night rain, the dark night.

만해마을에서

136

새벽빛 그 신비 속 갈망도 숙연타

큰 종, 목어, 새 부르는 청동 운판(雲板)

스님 호명에 하나둘 나서 우리도 종을 친다

At Manhae Village

Mystified by the dark light
    yet eager to try the drum,
the great bell, hollow wood fish,
    bronze hammered plaque that calls the birds,
one by one, as the monk calls us
    we step forward and begin.

미당의 집

결국 없네, 아무것도,
　　쩌귀 빠진 철문밖에.
남은 건 허기뿐,
　　파출부만 오갔네.
마침내 둘뿐이네,
　　문밖 노송 한그루와.

Midang's House

139

At the end there is nothing.
    Metal gate, hinges broken.
At the end there was hunger.
    Someone hired cooked meals and cleaned.
At the end, just the two of them;
    outside the gate, the old pine.

조계사 옆 공원, 서울, 2008년

아기 고양이, 내 어머니, 이승 떠난 세 친구—
소공원 벤치에 앉아 고개 숙여 기도하다
"성불하세요" 댓잎 속삭임에 나 다시 평정을 얻네.

아장아장 얼룩 고양이, 많이도 자랐구나!
비탈에 웅크린 두살배기 여왕님,
재회가 신기로운 나를 저도 함께 마주 보네.

Park by Chogye Temple, Seoul, 2008

Little cat, Dear Mother,
        three friends who have passed away.
Head bowed, I sit on a bench
        in the small park and pray.
Bamboo leaves in the passing wind
        whisper, at peace; and I am.

Wobbly kitten, how you've grown!
        Two years old, orange and white,
resident queen of that small park,
        you crouched on the slope and watched
me bend down in happy disbelief
        as we meet again in this way.

그대 흔적 속으로

그대 살던 그곳에는 고요만이 감돌고
낙엽들 풀썩이다 빗발 아래 엎드리네.
달콤한 감상 아닌 체념이네. 항구의 도로

몸 일으켜, 차들 부릉대며 넘실거리는 다리 건너
동트는 쪽으로 돌다 새벽 햇살이 닿아오니
씰루엣들 사라지네, 그대 흔적 속으로.

Into Your Traces

Such silence as now surrounds
    this very place where you once lived,
fallen leaves stirred by winds,
    then laid flat by sheets of rain;
not mellow, fruitfulness, resigned
    acceptance. No. The streets heave

up from the harbor, crossing
    bridges roaring, traffic heavy,
turning east, bending always
    to the sun's rise where light begins
to find us, intent, silhouettes
    leaning down into your traces.

초여름

이 계절의 나무들은 정지해 있다 하네.

바람에 가지만 살짝 흔들린다는 뜻이지.

기묘한 이 평화! 다람쥐만 까불대네.

절대로 마음 다치지 말자 다짐했었지.

그대 이 유리 팔 달고 날아가라 했었지.*

저만치 부표 떠 있는 해변에 집채만 한 파도가 부서지네.

* 병원에 입원해서 약병들을 팔에 주렁주렁 붙이고서 의료보험 등
으로 씨름하고 있던 친구 스콧 스왜너를 보며 저자가 했던 말이다.

Early Summer

145

They say the trees this time of year
      are mostly still, by which they mean
the winds don't move them much, the limbs
      stir but slightly, leaves not at all.
This strange peace! Only the squirrel
      knows no difference, never stops.

I said I'd never let it
      get this deep or personal.
I said take this glass arm
      and stick it, that he might fly.
Bell buoy, half a mile out and riding;
      waves big as houses crash on shore.

귀갓길 결혼사진—까마귀 떼와 함께

까마귀 떼 오십마리 낙엽 사이 뒤적대다
깡충깡충 사뿐사뿐 다가가서 흙을 쪼네—
하객들, 순백의 신부, 쌔틴 드레스, 턱시도.

사진사와 조수들 나무 위로 올라가
알 수 없는 소리로 하객들을 줄 세울 때
빗소리 헤치며 걸어가는 우산 속 나.

Wedding Picture, with Crows

Returning, I walked past a flock
      of fifty crows busily engaged
flipping fallen leaves, hop hop,
      plip plip, then beaking the dirt.
Wedding group, bride in white, attendants'
      satin dresses, tuxedoes.

In a language strange to me
      the photographer and crew
set themselves, the wedding party,
      around a tree they climbed to shoot
as I walked under my umbrella
      on through the sound of the rain.

앤을 위한 시 한편

다람쥐 도토리 줍듯 까마귀 낙엽 뒤지듯
나 여기저기서 시 물어오네―당신 거야,
공항행 택시 뒷좌석에서 주워온 이 시는.

One for Ann

149

Like a squirrel digging nuts up
    or those crows turning dead leaves
over, I go places and take
    poems, this one from the back seat
of the cab on its way to the airport.
    When I get home, it's all yours.

시조 짓는 아버지

아흔둘의 아버지
　　시조를 지어보시네.
첫 작품엔 오페라처럼
　　알토와 베이스가 있네.
어머니 진지한 안부에
　　아버지 그리움 간절한 아리아.*

* 원시의 'Never More'는 에드거 앨런 포우의 유명한 시 「까마귀」
(The Raven)에 나오는 후렴구로, 여기서는 아버지가 '이보다 더
그리울 순 없다'고 대답한다는 의미이다.

My Father Writing Sijo

My father now at ninety-two
    has started writing sijo.
The first seemed operatic:
    two voices, alto and bass.
My mother's earnest questioning,
    his aria, "Never More."

아침 해변

152

잔잔한 바다, 떠오르는 아침 해, 밀려오는 파도,

산보하는 남녀, 랍스터잡이 배의 흰 고물,

단정한 파도 소리, 잠 깬 손녀의 까르르 웃음소리.

Wave

Sun is up, the surf quiet.
    A wave, and soon enough, another.
Couples strolling, silhouetted;
    a lobster boat's white transom, west.
I hear these: each wave in sequence,
    granddaughter's laugh as she wakes.

프라우츠넥*

사적(私的)인 행동이
　　사적인 사람을 만든다.
과제는 화장실 찾기—
　　해안선 따라 반 마일도
안되는 아스팔트길—
　　모조리 **사적 소유물**이군.

*미국 북동부 메인 주 스카버러에 위치한 반도.

Prouts Neck

Private is as private does:
    enterprise, a bathroom.
This less than half-mile run
    of asphalt road along the coast:
They own it, the homes that line it.
    All *Property*, and *Private*.

다완/가파른 언덕/담그기[*]

시린 언덕 햇볕 아래 찻잎 꺼내서
　　그냥 다완이라 불리는
　　그릇에 담아 차를 우릴 때마다,

난 그 돌들 옛날에 떨어졌더라면, 한다.
　　어릴 때 놀러 갔던 메인의 해변
　　해질녘 저물어가는 여울에서 뛰어놀던 때,

그 아이 몸 담그고 물속에서 첨벙댈 때,
　　해변 가득하던 물, 백사장만 남기고
　　한꺼번에 빠져나갔었지, 금속성으로 반짝이던 바다
　　쪽으로.

[*] 원시의 'steeps'는 '다완' '가파른 언덕' '담그다'라는 의미를 가
　진 단어이다. 첫 연에서는 '다완'이란 의미로, 셋째 연에서는 '담
　그다'라는 의미로 쓰였고, 둘째 연에서는 돌이 가파른 언덕을 따
　라 굴러떨어지는 이미지와 관련된다.

Steeps

Often the tea leaf opened
on a chilly hillside under the sun
steeps in a pot that is in generic terms the tea steeps

Often enough I wish the stones had fallen earlier
when I was a child visiting that beach in Maine
turning dark in the sun running in the shallows

splash splash that child steeped in the tide pool
draining the entire visible expanse of beach, sand wide,
into the glistening aluminum water

오래된 모텔

포틀랜드 북쪽으로 두시간 가서
동쪽으로 좀더 간 다음 다시 남쪽으로—
목적지 페마퀴드 곶, 그곳 향해 차를 모네.

거리와 자동차들, **골동품 가게, 이태리**
쌘드위치집 지나 마침내 보이는군, **모텔**
오두막, 잠시 쉬었다 오솔길로 접어드네.[*]

자갈길, 노란 꽃 흩뿌려진 잔디밭.
굵은 가지에 칭칭 동여맨 그네.
도착지, 나무 선창—너른 만, 검푸른 물.

밀물, 역류하는 물, 방향 트는 잔고기 떼.
지류가 받아들인다—서서히 숨 들이쉰다.
물수리 머리 위에서 맴돌고 오리들은 철버덩!

[*] 거리에 보이는 가게나 모텔 이름을 고딕체로 표시했다.

The Old Motel

Drove two hours north of Portland
    and east, some, turned south
down the point toward Pemaquid.
    Road, cars, *Antiques, Italian Sandwiches.*
Glimpsed at last, *Motel Cottages.*
    A brief landing, then down the path.

Gravel drive gives way to grass
    speckled with small yellow flowers.
A swing, rope tied round and round
    the limb broken off, eight inches thick.
Arrive here, at the wooden dock:
    the cove's wide reach, dark water.

The flow is upstream with the tide.
    Minnows flicker in schools and veer.
Tributary, recipient:
    the long calming intake of breath.
An osprey crosses overhead;
    a flock of ducks splashes down.

메인 주에서 써핑하기

검은 슈트의 민첩한

　　낙천주의자들, 일기예보 후

바닷가에 바짝 다가앉아

　　꼼짝 않고 지켜보네.

간절히 기다리네,

　　파도에 붙었다 떨어지며 일어나 타기를.

Surfing in Maine

Today's forecast calls for a line
    of agile optimists
sitting just off the coast in dark suits
    rising periodically to
nature's call. They yearn for sets of five:
    tag and release, rise and ride.

해변의 오두막, 가족 별장

신탁이니 재산권이니
　　알 수 없는 얘기가 책으로 한권,
변호사들이나 알아먹을 내용,
　　그 분야 전문 사무실의 업무.
그냥 간단히 알려주세요,
　　이 집을 팔까요 말까요?

Family Beach Cottage

What I don't know about trusts
    and estates would fill a book
on the subject, a lawyer's head,
    an office's special practice.
Take this house, for example, please.
    Teach me to keep, or let go.

은하수 철도

모두들 뭔가를 먹는 듯—

　　약과 물과 휴가를.*

어젯밤 오막집 밖에서

　　당신과 통화할 때

머리 위 빛나던 밤하늘—

　　은하수가 내 숨 먹어버렸네.

기적 소리, 이 해변에서?

　　아버지와 어제 차로

오르막길 지날 때

　　아래서 기차 우르르.

전에는 못 봤던 철교,

　　본 뒤론 소리도 들리네.

* 이 시는 영어의 동사 'take'가 '약을 먹다' '물을 마시다' '휴가를 가다' '숨이 막히다'라는 표현에 공통으로 쓰인다는 사실에 착안한 것이기에, 우리말로는 다소 어색하지만 모두 '먹다'로 번역했다.

Milky Way Railroad

We all seem to be taking
　　something. Pills, water, vacation.
Last night outside the cottage
　　calling you on the cellphone,
overhead the starry night sky,
　　the Milky Way took my breath.

A train whistle, but here at the beach?
　　Driving up yesterday
with my father, we crossed a rise
　　just as a train rattled beneath.
Railroad bridge I'd never noticed.
　　Chance encounter, altered ear.

부동산

이 산책길에서 적어도

　　열두 놈은 주운 듯―

크고 작고 밝고 흐린 성게들,

　　이상한 화폐, 주황색도 있다.[*]

계약금! 모래성과 성벽,

　　첨탑과 참호―그리고 이 시들.

* 성게는 영어로는 'sand dollar', 즉 '모래 화폐'이다.

Real Estate

On this walk so far I think
    I have gathered dozens of them:
Sand dollars, large, small, bright, dull,
    even orange, strange currency.
Down payment! Sand castle, dripped walls
    and turrets, moat; these poems.

부재중

기억들은 썰물처럼 빠져나가나,
　　아니면 빛처럼?
줄어드나, 은행계좌처럼?
　　오그라드나, 양말처럼?
노동절―동료 선생은 묻겠지,
　　지난여름 어딜 다녀왔느냐고.

내게 분명한 한가지 사실―
　　아침마다 글 써야 해.
뭔가 있어, 빛과 공기와 차들
　　사라지는 모습엔.
홍관조는 모이통 곁에서
　　뭐라고 꺽꺽거리네.

모든 이메일에, 나에게도,
　　자동답신을 보낸다.

Away

Memories—Do they go out
     like the tides, or a light?
Diminish like a bank account?
     Or like a pair of socks, just shrink?
Labor Day. Faculty friends would ask,
     So, where did you go last summer?

One sure thing: If I don't write
     every morning, I don't write at all.
There's something about the light, air,
     the way traffic has gone on its way.
Cardinal just now at the feeder
     speaks in a language of scattered clicks.

Just "Away," autoreply
     to all e-mail, including mine.
What a joy, deliberately
     to write anything and next moment
read "I'm gone. All e-links are bad here.
     If I can, I'll reply soon."

참 재밌다, 아무거나

　　써 보내면 바로 답장 온다,

“부재중―인터넷 연결 안됨―

　　가능한 때 답하겠음.”

도심의 절간

초판 1쇄 발행 / 2012년 9월 10일

지은이 / 데이비드 매캔
옮긴이 / 전승희
펴낸이 / 강일우
책임편집 / 권은경
펴낸곳 / (주)창비
등록 / 1986년 8월 5일 제85호
주소 / 413-120 경기도 파주시 회동길 184
전화 / 031-955-3333
팩시밀리 / 영업 031-955-3399 편집 031-955-3400
홈페이지 / www.changbi.com
전자우편 / lit@changbi.com
인쇄 / 우진테크

 BO-LEAF BOOKS
www.boleafbooks.com
The English language edition was first published in the U.S.A.
in 2010 by BO-LEAF BOOKS.

한국어판 ⓒ (주) 창비 2012
ISBN 978-89-364-2722-1 03840